- HERGÉ -

LES AVENTURES DE TINTIN

L'ÉTOILE MYSTÉRIEUSE

DONATED

CASTERMAN

Les Aventures de TINTIN ET MILOU
sont éditées dans les langues suivantes :

afrikaans :	HUMAN & ROUSSEAU	Le Cap
allemand :	CARLSEN	Reinbek-Hamburg
américain :	ATLANTIC, LITTLE BROWN	Boston
anglais :	METHUEN & C°	Londres
arabe :	DAR AL-MAAREF	Le Caire
basque :	MENSAJERO	Bilbao
brésilien :	DISTRIBUIDORA RECORD LTDA	Rio de Janeiro
catalan :	JUVENTUD	Barcelone
danois :	CARLSEN / IF	Copenhague
espagnol :	JUVENTUD	Barcelone
finlandais :	OTAVA	Helsinki
français :	CASTERMAN	Paris-Tournai
grec :	SERAPIS	Athènes
hébreu :	MIZRAHI	Tel Aviv
indonésien :	INDIRA	Djakarta
iranien :	MODERN PRINTING HOUSE	Téhéran
islandais :	FJÖLVI	Reykjavik
italien :	GANDUS	Gênes
japonais :	SHUFUNOTOMO	Tokyo
malais :	SHARIKAT	Pulau Pinang
néerlandais :	CASTERMAN	Tournai-Dronten
norvégien :	SCHIBSTED	Oslo
portugais :	CENTRO DO LIVRO BRASILEIRO	Lisbonne
suédois :	CARLSEN / IF	Stockholm

E
ISBN 2-203-00109-7

L'ÉTOILE MYSTÉRIEUSE

Quelle nuit magnifique!

Mais quelle chaleur! On se croirait en plein été!

Une étoile filante!.... Vite Milou, un vœu!

Au lieu de faire des vœux, tu ferais beaucoup mieux de regarder devant toi!

Et voilà la Grande Ourse...

Oh! Dis donc Milou! Regarde cette grosse étoile!...

Laquelle?...

C'est extraordinaire!... Voilà qu'il y a une étoile de plus dans la Grande Ourse!

Où vois-tu une ourse, à présent?...

Une étoile de plus dans la Grande Ourse! Je n'en reviens pas!

Tu sais Tintin, il y a des millions et des millions d'étoiles. Alors, une de plus ou une de moins....

Ça m'intrigue.. Aussitôt rentré, je téléphone à l'Observatoire.....

Allo? l'Observatoire? Voici, Monsieur. Je viens de remarquer, dans la Grande Ourse une grosse étoile, très brillante. Pourriez vous me dire...

Demande-lui aussi pourquoi il fait si chaud...

Allo? Comment?... Vous étudiez le phénomène?... Ah!... Et... Allo?.... Allo?....Allo?... Allo?.... On a raccroché!....

C'est bizarre! Pourquoi ont-ils raccroché si brusquement?.... Sapristi! Qu'il fait chaud!

?

Je n'ai pourtant pas la berlue! Elle a encore grossi depuis tout à l'heure!....

Tout cela est bien étrange! Mais je veux en avoir le coeur net! Viens, Milou. Nous allons à l'Observatoire!

DRRRING

Observatoire

Pas d'erreur, elle a encore grossi!....

Je voudrais parler au Directeur de l'Observatoire.

Monsieur le Directeur est occupé!

?

CLAC

OBSERVATOIRE

C'est trop fort! Me fermer ainsi la porte au nez!

Malappris!

DRRRING
DRING

Encore vous?... Je vous ai dit que Monsieur le Directeur était occupé. Il ne peut....

Il ne s'agit pas de ça!.... le feu est à l'Observatoire!....

Juste ciel! où ça?...

Ici, venez voir....

?!

CLAC

Pardon, Monsieur, le Directeur de l'Observatoire, s'il vous plaît?

Chut!... C'est moi!

C'est moi, mais, chut!.. Silence! Ne troublez pas mon collaborateur, qui est plongé dans des calculs fort compliqués. Si vous voulez en attendant qu'il ait fini, jetez un coup d'œil à la lunette: le spectacle en vaut la peine

Voyons ça....

OH!

?

Mon dieu!... C'est horrible, Monsieur l'astronome!... C'est horrible!..

Dans un sens, oui, c'est horrible...

Elle est énorme! Énorme!....

Énorme, oui!...

Et ces pattes velues!...Rien que d'y songer me donne le frisson!....

Ces pattes?... Quelles pattes?...

Quelles pattes?... Mais celles de cette gigantesque araignée

Une araignée? Est-ce que vous n'en avez pas une dans le plafond?

Mais venez, donc voir!...

Par les anneaux de Saturne!... Vous avez raison!..Ceci est bel et bien un arachnide!....

Vous voyez bien!

C'est extraordinaire!.. Extraordinaire!...Elle a toutes les caractéristiques de l'Aranea Fasciata!...A moins que... Non! C'est une Épeire Diadème!...Une énorme Épeire Diadème!...

En tous cas, c'est une araignée!... Brrr.... Quel monstre!... Et ça voyage en plein ciel!....... Et si c'était..... ???

Allo, Monsieur l'astronome?....
Tout s'explique!...C'est une araignée qui se promenait sur l'ob-
jectif!...Elle est partie,
à présent...

Une araignée!
Une petite arai-
gnée de rien du
tout!... Et c'est
ça qui leur a
fait si peur!....
C'est à mourir
de rire....

WOUAH!

Venez voir, maintenant...

Et bien?...

On dirait....
On dirait
une grosse
boule de
feu.....

C'est une boule de feu!...
Une ÉNORRRME
boule de feu!

?

Oui, c'est une gigantesque masse
de matières
en fusion...

Et comment se fait-
il qu'elle grossisse
à vue d'oeil?...Car
elle grossit,
n'est-ce pas?...

Naturellement, elle gros-
sit: Elle se dirige vers
nous à une vitesse inima-
ginable...

Elle se dirige
vers nous?...
Mais elle ne
va tout de
même pas?...

Si!... Ce bolide va entrer
en collision avec la
Terre!!

Juste ciel!...
Mais alors,
c'est...

...LA FIN DU
MONDE,
OUI!...

Voici terminés, Monsieur le Directeur, les calculs que vous m'aviez donnés à faire. La collision aura lieu demain matin, à 8 h. 12 m. 30 s.

La fin du monde.....

À 8 h. 12 m. 30 s. C'est bien cela... Et c'est moi, Hippolyte Calys, qui ai déterminé l'heure à laquelle se produira le cataclysme!..Demain je serai célèbre!

Mais enfin...C'est impossible! Vous...Excusez-moi. Peut-être vous êtes-vous trompés dans vos calculs?...

Mossieur!

Nous tromper, nous?... Vous osez?.. Et bien! Vérifiez!..

!

Je...Ce doit être exact, Monsieur l'astronome!...Je vous crois sur parole! Adieu!...

La fin du monde!

Et bien, Milou?... Qu'y a-t-il?.....

Horreur!

Il était temps!...

Les rats!...Ils quittent les égouts!... On les dirait frappés de panique.....

Ouf!..Les voilà passés!...Et Milou, lui, qu'est-il devenu?..

Milou!..

PAN PAN ?

Des pneus qui ont éclaté sous l'action de la chaleur!...

Milou!... Milou!

Ah! Te voilà!.. Et bien?... Que fais-tu là?... Pourquoi ne viens-tu pas quand je t'appelle?.... Allons, ici!...

Mon Dieu! Mais... Il ne peut plus bouger!... On dirait... On dirait qu'il est paralysé!....

Au secours, Tintin!..

Mon pauvre Milou!...

Qu'est-ce donc?..Oh! Je comprends!..Cette épouvantable chaleur a fait fondre l'asphalte...

Maudite étoile!...

Pauvres gens!... S'ils savaient!...

DONG DONG DONG DONG DONG ?

...C'est le châtiment!.. Faites pénitence!.. La fin des temps est venue!..

Je suis Philippulus le Prophète, Et je vous annonce que des jours de terreur vont venir!...La fin du monde est proche!...Tout le monde va périr!.. Et les survivants mourront de faim et de froid!.... Et ils auront la peste, la rougeole et le choléra!.....

Voyons, Monsieur le prophète, passez votre chemin et rentrez vous coucher! Cela vaudra mieux!...

Vous avez entendu?.. Il ose s'opposer à Philippulus le Prophète!... C'est un envoyé du Diable!.. Un suppôt de Satan!.. Un infâme serviteur de Belzébuth!...

Retourne chez Satan, ton Maitre!....

Oui, nous aurons la peste!... La peste bubonique!... Et le choléra!... Et ce sera la fin du monde valet de Satan!

Ce qu'il peut être agaçant, celui-là

Enfin, nous voilà chez nous....

Quelle clarté aveuglante!...

AÏE!

?

Sapristi!.. L'appui de la fenêtre est tellement chaud que je me suis brulé!....

Pauvre Milou!... Il est mort de soif!... Et cette malheureuse petite fleur, la voilà toute fanée....

La fin du monde, Milou!. la FIN du monde!... La fin du MONDE! comprends-tu, Milou?...

DONG DONG

Va chez le Prince des Ténèbres, ton maitre...

Voilà!.. Et maintenant, j'espère qu'il va me laisser tranquille!

Et à présent, un peu de repos!... Toutes ces émotions m'ont brisé...

Ouf!.. Je n'en puis plus........

8

Par où êtes-vous entré?...
Les prophètes entrent où et comme ils le désirent !...

Monsieur le prophète, j'ignore par où vous êtes entré. Mais je sais bien par où vous allez sortir!... Et tout de suite!...
Ah?...Des menaces?...

Allons, restez assis!... Et regardez ce que je vous ai apporté....

Aha!...Voilà le châtiment!... Une énorme araignée!...
ÉPEIRE DIADÈME
GRANDEUR NATURE

Allez-vous en!...Allez-vous en!...

Mon dieu!...J'ai rêvé! Et c'est la pendule qui m'a réveillé!...

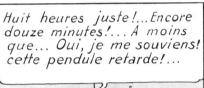
Huit heures juste!...Encore douze minutes!...A moins que... Oui, je me souviens! cette pendule retarde!...

Vite! Téléphonons à l'horloge parlante....

....nutes... Tip...Tip...Tip.... Huit heures, douze minutes, dix secondes ...Tip...Huit heures, douze minutes, vingt secondes ...Tip...Huit heures, douze minutes, trente secondes ...Tip
Aïe!...

Ça y est!... La fin du monde !...

Nous sommes morts!...

Mais non!...Réflexion faite, nous ne sommes pas morts!.. Ce n'est pas la fin du monde!.. Ce n'est qu'un tremblement de terre!....

Ah?... Ce n'est QUE ça?....

Je suis curieux d'apprendre comment ils expliqueront cela, à l'Observatoire.... Allo?...Allo?...Allo?... Le téléphone est détraqué!...Viens vite, Milou!...Nous irons jusque là....

Hourrah!...Hourrah!... Ce n'est qu'un tremblement de terre!.....

DRRING DRRRRRING DRING

OBSERVATOI

DRRING DRRRING DRING DRING DRRRRING

Minute! Minute! On y va!

Hourrah!..La fin du monde est remise à une date ultérieure!

Hourrah!...Hourrah!... La vie est belle!....

ENTREE INTERDITE

TOC TOC

ENTREE INTERDITE

ENTREE INTERDITE

Incapable!.... Galopin!....

Qu'a-t-il fait?...

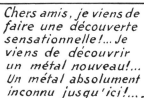

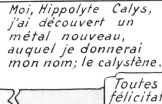

Répondez-moi. Aimez-vous les caramels mous ?...

Je.... Euh....Les caramels mous?...Je... Bien sûr, mais....

Allez me chercher pour deux francs de caramels mous !...Il convient de fêter dignement ma découverte!

Vous me parliez du tremblement de terre?... Ah! Oui...Il a été provoqué par la chute d'un morceau du bolide !... Lorsqu'on saura où il est tombé, on y découvrira du calystène!...

Monsieur le Directeur!... Écoutez ceci!...

"La station polaire du Cap Morris (côte Nord du Groenland.) annonce qu'un aérolithe a dû tomber dans l'Océan Arctique. Des pêcheurs de phoque ont vu une boule de feu traverser le ciel et disparaître à l'horizon. Quelques secondes plus tard, la terre tremblait et la banquise se disloquait..."

Par les anneaux de Saturne!

Il est tombé à la mer!.... Il a été englouti par les flots!... Et avec lui la preuve de ma découverte!... La preuve de l'existence du calystène!...

Ça y est, Milou, le calystène est à l'eau!

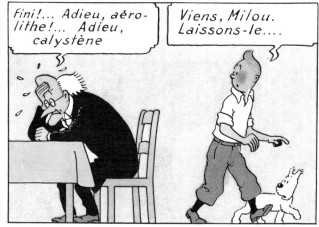

Fini!... Adieu, aérolithe!... Adieu, calystène

Viens, Milou. Laissons-le....

Pauvre Monsieur Calys! Le voilà désespéré parce que son aérolithe est tombé en mer...

Il en a même oublié de nous donner un caramel.

Qu'est-ce encore?... Des inondations, à présent?.... Ou simplement une conduite d'eau que le tremblement de terre a fait sauter?...

Ces briques vont me permettre de passer à pied sec...

PLOUF

Saperlipopette!... Comment n'y avons-nous pas songé plus tôt?...

?

Tu vois cette brique,Milou?

Bien sûr, que je la vois...

Regarde!...

Eh bien?.... Qu'en dis-tu?...

Que c'est une plaisanterie stupide!

Elle dépasse, Milou!... Elle dépasse le niveau de l'eau!!..

Eh bien, oui!.. Elle dépasse. Et après?....

Cette brique, c'est l'aérolithe!... Cette eau, c'est l'Océan Arctique!... Tu as compris maintenant, Milou?....

Il est complètement marteau!...

Eh bien?...Qu'y a-t-il encore?...

DRRING DRRING DRRRING

ENTREE INTERDITE

TOC TOC

Monsieur l'astronome!

Il m'est venu une idée, Monsieur l'astronome!

Une idée?

L'aérolithe qui vient de tomber est énorme, n'est-ce pas?.. Gigantesque?...

Naturellement! La violence du tremblement de terre en est la preuve...

Mais alors, rien n'est perdu!...Pourquoi une partie de cette masse formidable n'émergerait-elle pas?...

Par les anneaux de Saturne!... C'est vrai!

Il faut faire des recherches et découvrir cet aérolithe! Il faut organiser une expédition!... Les capitaux nécessaires nous seront fournis par le Fonds Européen de Recherches Scientifiques, j'en suis sûr!...

Il faut s'occuper tout de suite d'organiser cette expédition. Voulez-vous m'y aider?

Bien sûr!

Quelque temps après....

Une expédition scientifique, composée des plus éminents savants Européens, partira prochainement pour un voyage d'exploration dans les mers arctiques. Son but est de découvrir l'aérolithe tombé dernièrement dans ces régions et dont une partie, suppose-t-on, s'élève au-dessus du niveau des eaux et des glaces.....

L'expédition sera commandée par le professeur Calys, qui a décelé, dans cet aérolithe, la présence d'un métal inconnu. Les autres membres de l'expédition sont:

...le savant suédois Erik Björgenskjöld, auteur de remarquables travaux sur les protubérances solaires,

.... le Señor Porfirio Bolero y Calamares, de l'université de Salamanque,

....Herr Doktor Otto Schulze, de l'université d'Iéna,

....Monsieur Paul Cantonneau de l'université de Fribourg,

....le Senhor Pedro Joās Dos Santos, le célèbre physicien de l'université de Coïmbre,

....le jeune reporter Tintin, représentera la presse d'information,

enfin, le capitaine Haddock, président de la L.M.A. (Ligue des marins antialcooliques) aura le commandement du navire "l'AURORE", à bord duquel s'embarquera l'expédition.

Trois mois plus tard

Et c'est demain qu'appareille l'AURORE, Milou...

Nous passerons à bord la dernière nuit avant notre départ pour les mers Arctiques.

Ça ne me dit rien de bon, cette expédition, il fait bien trop froid, là-bas...

Tiens?...Quelqu'un qui descend en courant!...C'est louche, ça... Halte!..Qui êtes-vous?...

Halte!... Arrêtez!..

Arrêtez!....

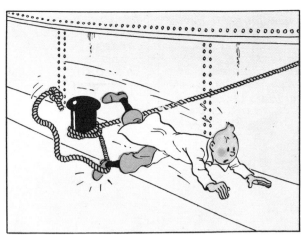

Maudite corde!... Il a disparu!... Je me demande ce qu'il est allé faire à bord, cet individu...

C'est vous qui êtes de garde?

Oui

Vous n'avez vu personne rôder sur le pont?

Non

Ah?...Bon...Euh... Le capitaine Haddock est-il dans sa cabine?..

Oui

Oui...Non...Pas bavard, le bonhomme!

Mais, je ne vois plus Milou... Milou! **Milou!** ...

!

TOC TOC TOC TOC

Entrez...

Bonsoir, capitaine. Je viens de voir un homme quitter précipitamment le navire! Il s'est enfui lorsque je l'ai interpellé!

?

Wouah!... Wouah!... Wouah!...

Ah te voilà, Milou!... Eh bien? que fais-tu?

On dirait qu'il nous invite à le suivre..

Wouah! Wouah!

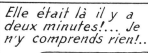

Le professeur Cantonneau! Que lui est-il arrivé?

Je n'en sais rien!... Une chute, peut-être! Sa valise est tout à fait démolie....

Il vit!

Mais... c'est MA valise, ça!... Ma valise, que j'avais laissée dans votre cabine!

Voyons, Monsieur le professeur, que s'est-il passé?

Je....je ne sais pas.... je...j'ai reçu un coup terrible.... comme un poids énorme qui m'est tombé sur la tête..

HA! HA! HA! HA! HA!

Ha-Ha-Ha-Ha!

C'est le châtiment qui commence à s'abattre sur vous!... Philippulus le prophète vous a prévenus....

C'est lui qui a laissé tomber la valise!

Et voici une jolie fusée que j'ai trouvée. Nous allons faire un beau feu d'artifice!...

La dynamite!... C'est ce fou qui a pris la dynamite!... Tout va sauter!...

Il n'y a pas une seconde à perdre!

Et voilà!... Dans un instant, ça va faire "pchhh"...

Toi, je te reconnais! Tu es un valet de Satan!. N'approche pas, maudit!..

!

ORE

Ouf!...Nous l'avons échappé belle!...J'ai bien cru qu'elle aurait éclaté avant de toucher l'eau....

Ah! Mon Dieu! Que fait-il?... Au nom du ciel, descendez!....

Ce n'est pas au nom du ciel que tu parles. C'est au nom de l'enfer!...Mais tu ne me dépasseras pas!....

Toujours plus haut!...Telle est ma devise!

Le malheureux!...Il va se tuer!...

Voyons, Monsieur le Prophète, soyez raisonnable!... Descendez!... Regardez! Moi aussi je redescends....

C'est ça! Descends! Retourne dans les ténèbres de l'enfer, dont tu n'aurais jamais dû sortir!

De grâce mon cher Philippulus! c'est moi Calys, directeur de l'Observatoire. Nous avons travaillé ensemble, souviens-toi!... Descends, je t'en prie.

Tu n'es pas Calys! Tu as pris son visage, mais tu es un démon!... Tu n'es pas Calys!...

Mais moi, je suis le capitaine Haddock, tonnerre de Brest! et seul maître à bord après Dieu! Et je vous ordonne de redescendre, mille sabords!

Pardon! Le seul maître après Dieu, c'est moi!.. Je reste ici!...

Descendez, nom d'une pipe!... Ou je vous fais mettre aux fers!

N'insistez pas! Je sais comment le faire descendre...

?

Vous allez voir. Il va descendre tout de suite....

Allo, allo! Ici Dieu le Père!... Prophète Philippulus, je vous ordonne de redescendre sur terre! Et faites attention: ne vous cassez pas la figure!...

J'obéis, Seigneur. J'obéis!... Ne vous fâchez pas.

Le voilà!

C'est un fou qui s'est échappé de l'asile. Nous sommes à sa recherche depuis ce matin...

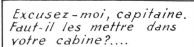

le lendemain matin...

Il y a foule pour assister au départ de l'AURORE

Quai n° 9

L'heure du départ approche. Chers auditeurs, dans quelques minutes, l'AURORE nous aura quittés et voguera vers le Nord, vers les régions arctiques. En ce moment a lieu une petite cérémonie d'adieu. Le comité directeur de la LIGUE DES MARINS ANTIALCOOLIQUES vient de remettre à son président d'honneur, le capitaine Haddock, une gerbe magnifique....

Au revoir, capitaine et cher président, et n'oubliez pas que le monde entier et la L.M.A. ont les yeux fixés sur vous. Bonne chance!...

Excusez-moi, capitaine. Faut-il les mettre dans votre cabine?...

Quoi donc, mon ami?...

Ça...

...Et voici que le président du FONDS EUROPÉEN DE RECHERCHES SCIENTIFIQUES remet au professeur Calys, chef de l'expédition, le drapeau qui sera planté au sommet de l'aérolithe....

...En vous confiant ce drapeau, monsieur le professeur, j'ai la conviction qu'il flottera bientôt au sommet de cet aérolithe que vous découvrirez, j'en suis sûr, et avec lui ce nouveau métal dont vous avez déjà révélé l'existence...

Capitaine!... Capitaine!...

Il se passe quelque chose d'anormal...

Tonnerre de Brest!...

Lisez ça, monsieur le professeur!... Une information que mon radiotélégraphiste vient d'entendre, par un pur hasard, en mettant au point ses appareils....

Sao Rico. Le navire polaire PEARY a quitté Sao Rico hier dans la soirée pour un voyage d'exploration dans les mers arctiques. Le PEARY va essayer de découvrir l'aérolithe qui s'est abattu dans ces régions et qui, selon certains savants, contiendrait un métal inconnu....

Ils nous ont devancés! Ils vont prendre possession de l'aérolithe! Tout est perdu!.....

Minute!.... Ils ne l'ont pas encore trouvé!

Tintin a raison. Ils ne l'ont pas encore trouvé!...

TOUT LE MONDE A BORD!... Nous partons tout de suite!

Larguez les amarres!...

TOOOOOT

Les dernières amarres sont tombées. L'heure du départ a sonné...Lentement le navire glisse le long du quai. L'AURORE est parti. Parti à la recherche de l'aérolithe mystérieux....

Chers auditeurs, vous venez d'entendre, retransmis par tous les postes européens, un radioreportage consacré au départ du navire polaire l'AURORE.

Hé, hé!... Je leur souhaite bonne chance!

Vous êtes donc bien sûr qu'ils ne réussiront pas?.

Mon cher ami, vous êtes mon secrétaire depuis assez de temps pour savoir que si la banque Bohlwinkel a financé l'expédition PEARY, c'est que le succès en était assuré!...Croyez-moi, l'AURORE n'a aucune chance de réussir.

Je l'espère, Monsieur Bohlwinkel, quoique...

Oui, je sais. L'AURORE est parti plus tôt que je ne le pensais. C'est la faute de cet imbécile de Hayward, qui n'a pas réussi son petit travail. Mais, soyez tranquille, toutes mes précautions sont prises.

Ah! très bien....

Voyez-vous, mon ami, sous le couvert d'une expédition scientifique, mon but est de prendre possession de cet aérolithe et de ce métal inconnu, dont cet hurluberlu de professeur Calys a été assez naïf pour nous révéler l'existence. Il y a là-bas une fortune colossale qui nous attend. Une fortune colossale qui ne m'échappera pas!...

Nous voilà partis, Milou....

Quel air pur on respire ici!...L'air vivifiant du large. Un air qui n'a pas encore été respiré par d'autres hommes.

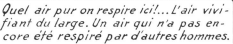

Oui....ça sent le hareng....

Fais comme moi, Milou. Respire fort. Remplis tes poumons d'air pur.

Allons à l'arrière, Milou. D'ailleurs, ce sera bientôt l'heure du déjeuner....

Tu vois, Milou?... Voilà, amarré à sa catapulte, l'hydravion qui doit nous aider à découvrir l'aérolithe.

?

Hello, steward!... Vous pouvez annoncer le déjeuner!... Tout est prêt...

Déjeuner, premier service!

Mais où donc est passé Milou?.. Je ne le vois pas...

Dites donc, steward! Qu'est ce que ça signifie? Le menu porte "choucroute garnie"!... Alors, où sont les saucisses?...

Dans quelques jours, ils seront habitués....

Cette nuit là...

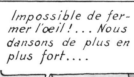

Impossible de fermer l'œil !... Nous dansons de plus en plus fort....

Pendant ce temps, à Sao Rico...

Plus de nouvelles du KENTUCKY STAR ?

Plus rien, Monsieur Bohlwinkel...

J'ai bien envie d'aller rejoindre le capitaine sur la passerelle....

Viens, Milou, nous allons sur le pont.

Sapristi !...C'est une véritable tempête.

Attention, Milou! Tiens-toi bien!...

Ouf!.. J'ai bien cru que je passais par dessus bord!... Et Milou?.. Où est Milou?...

Milou!...

Milou!...

Et bien, Milou, tu l'as échappé belle!... Quelle tempête, mon Dieu!.. Quelle épouvantable tempête!...

Ah, c'est vous?... Jolie brise, n'est-ce pas?...

Comment?... Ce n'est pas une tempête, ceci?...

Une tempête? Mais non. Un simple coup de tabac....

Alors, nous ne courons aucun danger?....

Aucun!... Evidemment, il faut être prudent: on n'y voit pas à dix pas devant soi.. et la route que nous suivons ici, dans le Dogger Bank, est fréquentée par de nombreux na-vires...

Encore les dangers de collision sont-ils très réduits... Chaque navire a ses feux de position qui....

Horreur!...

Tonnerre de Brest!...

Toute la barre à tribord!...

AURORE

Pirates!...Naufrageurs!... Pantoufles!...Flibustiers!... Hors la loi!...Chauffards!... Marins d'eau douce!... Sauvés!...

Un peu plus et il nous coupait en deux, cet énergumène!...Il faut être fou pour naviguer ainsi, tous feux éteints!...Il n'aurait pas manœuvré autrement s'il avait voulu nous couler...

Et qui vous dit que ce n'était pas là sa véritable intention?...

Que voulez-vous dire? Je dis, capitaine, qu'on a déjà essayé de saboter l'AURORE la veille de notre départ... et que l'accident qui vient d'être évité ressemble fort à un attentat...

Tonnerre de Brest!...C'est vrai!.. Mais qui donc pourrait....

Et qui donc a intérêt à nous empêcher de poursuivre nos recherches, si ce n'est l'expédition PEARY... ou ceux qui l'ont financée?...

C'est le KENTUCKY STAR, cette fois?...

Oui, c'est lui, Monsieur Bohlwinkel! Un radio chiffré...

S.S. KENTUCKY STAR. Avons tenté, suivant ordres reçus de couler AURORE. Manoeuvre a échoué. Attendons instructions.

Ah! les maladroits! Ils ont manqué leur coup!...Tout est à recommencer!

Mon Dieu! Que je suis malade! Que je suis mala-a-a-ade!..

J'ai le mal de mer...ooooh...

Cela vous dérangerait-il si j'ouvrais un peu la fenêtre?...Un peu d'air frais nous ferait tant de bien...

Faites comme vous voudrez... et laissez-moi mourir....

Aaaah!...Je me sens déjà mieux....

26

Quelques jours après

Brrr!...Il fait froid, ce matin.On sent que nous approchons des régions polaires.

Vous avez remarqué?..Il a gelé cette nuit.

Vous feriez bien de mettre des vêtements chauds:vous allez prendre froid.

Vous avez raison.

Viens, Milou.Nous allons mettre un manteau.

J'aurais dû lui dire d'être prudent en revenant sur le pont. Ce verglas est vraiment..

...Dangereux!

Et maintenant, allons dire bonjour au capitaine.

Je crois que je vais faire sensation.

Voilà.Trans-mettez ça par radio.

Bien, Capitaine.

M.S. AURORE à président F.E.R.S. Arrivons en vue côtes Islande. Ferons escale à Aku-reyri, dans le Eyja Fjördhr, pour nous ravitailler en carbu-rant. Tout va bien à bord.

Voici, Monsieur Bohlwinkel, un message adressé par l'AURORE au FONDS EUROPÉEN DE RECHERCHES SCIENTIFIQUES. Notre radiotélégraphiste vient de l'intercepter.

Donnez....

Ah! Ah!...Ils vont faire escale en Islande! Parfait!Parfait!Mon cher Johnson, j'ai l'impression qu'elle sera de longue durée, leur escale!... Nous allons commen-cer par envoyer un petit message. Prenez note, Johnson...

Je vous écoute....

Banque Bohlwinkel à Smith, agent général de la GOLDEN OIL à Reykjavik. Islande. Transmettez immédiatement à tous agents de la GOLDEN OIL en Islande ordre suivant: Interdiction formelle ravitailler en carburant navire polaire AURORE. Voilà!... Faites transmettre ça en code secret...

Bien, Monsieur Bohlwinkel.

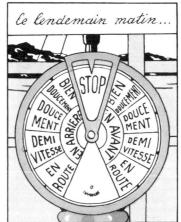
Le lendemain matin...

Et nous voilà à Akureyri. Allons-nous rester longtemps ici, capitaine?

Oh! non...

Le temps de faire le plein de mazout et nous repartons pour le Groenland.

Voilà. Je vais commander le carburant. J'en ai pour une minute.

Faites. Je vous attends ici

Salut!... Je désirerais faire le plein de mazout.

Très bien! Quel est le nom du navire?

Navire polaire AURORE, Capitaine Haddock...

Ah?...Vous êtes le capitaine de..... de l'AURORE?...

Oh! mais... Je... Vous jouez de malheur, capitaine!... Voilà que je me souviens tout à coup... nous n'avons plus un litre de mazout en réserve...

Qu'est-ce que vous dites?... Plus de mazout?...C'est insensé!.. Il me faut du mazout, entendez-vous?

Et moi je vous dis que je ne peux pas... pardon! que je n'ai pas de mazout!...

Ils se disputent, dirait-on...

C'est honteux, je vous dis!... Honteux!...

Mais ça vous retombera un jour sur le nez!...

28

Et bien?...Et bien?... Que se passe-t-il?

Il n'y a plus de mazout à la GOLDEN OIL!...

Bah! Nous nous adresserons ailleurs, voilà tout!...

Ailleurs?... C'est la GOLDEN OIL de la et qui a le monopole vente d'essence de mazout pour tout le pays!...

Mais alors... nous sommes bloqués ici?...

Bloqués, oui!... Et pendant ce temps-là...

Le PEARY continue sa route!...

Vous ne pourriez pas faire attention, espèce de sémaphore?...

Sémaphore, moi?... Et vous, vous êtes un....un....

Oh!

Fidji!...Fidji! Fidji! ....

Fidji!... Fidji!... Fidji!...

Bouldou, bouldou, bouldou!...

Bouldou,bouldou, bouldou!...

Aya, aya, ayayaaa!...

Aya, aya, ayayaaa!...

?

Ce vieux Chester!... toujours le même!...

Ce cher vieux capitaine Haddock!... Tu n'as pas changé!...

Mon cher Tintin, je vous présente un vieil ami: le capitaine Chester, avec qui j'ai navigué pendant plus de vingt ans.

Je préfère ça!... J'ai cru que vous alliez vous entre-tuer...

Alors, tu est venu te ravitailler?...

Ah, oui!.. Parlons-en!...Quel pays!... Il n'y a pas une goutte de mazout dans ce patelin!...

Pas de mazout?...Mais il y en a à la GOLDEN OIL! J'y suis allé tout à l'heure. On fait le plein de mon chalutier SIRIUS demain matin.

Mais alors?... On s'est payé ma tête!...

Tonnerre de tonnerre de Brest!... Je m'en vais leur montrer, moi, à ces forbans, de quel bois je me chauffe! ...

Bande de voleurs!...
Mercantis!... Accapa-
reurs!... Judas!...
Ophicléides!...
Coloquintes!...

Haddock!.

Laissez-moi!... Je vais
les exterminer, ces bri-
gands!...Ces traîtres!...

Ecoute-moi,
Haddock!...

Du calme,
capi-
taine!..

Ecoute-moi!... Inutile d'y aller!
Sais-tu qui a financé l'expédition
PEARY?...Non? La radio l'a annoncé
ce matin. La Ban-
que Bohlwinkel,
de Sao Rico...

Et puis-après?...
Ça m'est égal!...
Je veux du mazout,
moi, mille
sabords!...

Bon, bon... Sais-tu à qui
appartient la GOLDEN OIL?...
Non?... A la Banque Bohl-
winkel, de Sao Rico.
Comprends-tu,
à présent?...

?

Laissez-moi!... Je
vais les couper en
petits morceaux,
ces individus!..

Restez ici ca-
pitaine, j'ai une
idée.

Une idée?..
Pour avoir
du
mazout?...

Oui!

Venez. Nous parle-
rons de ça devant
un verre de whisky!...
Entrons dans ce
café...

Patron!... Une bouteille de
whisky et
trois
ver-
res!

Pour moi, pas de
whisky. De
l'eau miné-
rale...

Deux verres,
patron!... Et de
l'eau miné-
rale
pour le
petit...

Mon Dieu, j'y songe... Excuse-moi!...
J'avais oublié que tu étais président
d'une ligue antialcoolique. Tu ne
bois pas de whisky, naturellement...
De l'eau mi-
nérale, toi
aussi?

C'est ça...De l'eau
minérale...Bon-
ne idée...

Ça suffit!...
Merci.

A ta santé,
Haddock!...

A la tienne!...Allons,
pour te faire plai-
sir, je vais prendre
une goutte de whisky
dans mon eau
minérale...

Une larme...
Un soupçon...

Ça suffit...
Merci!...

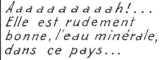

Aaaaaaaaah!... Elle est rudement bonne, l'eau minérale, dans ce pays...

Et maintenant, exposez-nous votre idée.

Voilà. Où votre navire est-il amarré?

Oui, où est-il amarré, le SISI... le SIRIUS?

Juste derrière l'AURORE.

Tout va bien!... Et c'est demain matin qu'on vous ravitaille?... Parfait!... Alors, écoutez..

Ec-c-coute le bien, Chester. Ce petit-là a toujours d'ex-x-x-cellentes idées...

Le lendemain matin...

GOLDEN OIL II

Dites, capitaine, je me demande s'il n'y a pas de fuite à vos réservoirs. Ils n'ont pas l'air de se remplir.

Si, si!... Seulement ils sont très grands!... Continuez à pomper!...

SIRIUS

ORE

Ça y est, capitaine!... Nos réservoirs sont pleins!...

Voulez-vous envoyer ce télégramme?

Smith. GOLDEN OIL. Reykjavik. Avons suivi vos instructions. AURORE restera ici jusqu'à nouvel ordre. Signé: Payne... Ça fera sept couronnes.

TOOOOOT

LEGRAMMES

Bon! Ça, c'est le SIRIUS qui s'en va...

Ce n'est pas le SIRIUS!... C'est l'AURORE!...

Au revoir, cher ami!...
Désolé de devoir vous quitter!

Nous voilà enfin repartis!... Et maintenant allons déjeuner...

Ah! Voilà le chef-coq!... Qu'est-ce que vous avez préparé pour ce midi?

Des spaghetti, capitaine.

BOUM

Maudite bête!... Si jamais je t'attrape!...

Voilà ce qui arrive quand on laisse les portes ouvertes!

Allons, ne faites pas cette tête-là, mon ami. Inutile de vous fâcher: ça ne sert à rien. C'est que Milou l'a trouvé bon, votre plat de spaghetti!

Prenez ça du bon côté, voyons...

Il faut toujours tout prendre du bon côté...

Mille millions de mille sabords!... Maudite bête!... Si jamais je t'attrape, pirate!...

Une semaine a passé...

Voilà où nous sommes. Nous avons dépassé le 72e parallèle. Vous limiterez vos recherches à un secteur compris entre le 73e et le 78e parallèles d'une part, entre le 13e et le 8e méridiens, d'autre part.

Ça va.

Surtout, pas d'imprudences: ne dépassez pas les limites fixées...

Et n'oubliez pas que nous resterons en communication radiotéléphonique. A présent, bonne chance!... Tâchez de repérer l'aérolithe.

Les voilà partis...

Pourvu qu'il ne leur arrive pas malheur...

Allo?...Allo?...

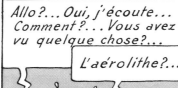
Allo?...Oui, j'écoute... Comment?...Vous avez vu quelque chose?...

L'aérolithe?...

...Un phénomène étrange. Le ciel est clair. Mais d'un point bien précis, situé à environ vingt degrés à l'est, s'élève une haute colonne de nuages blancs...

Voilà qui est extraordinaire! Ils aperçoivent une haute colonne de nuages à l'horizon.

Vite!...Passez-moi les appareils!

Ici le professeur Calys! Dites-moi, cette colonne de nuages semble provenir d'un point bien déterminé?... Et il n'y a pas d'autres nuages en vue? Le ciel est clair...

Ça y est!... Ils ont découvert l'aérolithe!!!...

?

Attention!...Les appareils!...

Excusez-moi! J'avais oublié! Ah! capitaine, c'est l'aérolithe qui est à l'origine de cette colonne de nuages!...La chaleur qu'il dégage a d'abord fait fondre les glaces. Ensuite, lentement, les eaux qui l'entourent...

...se sont réchauffées. Il s'est formé ainsi de la vapeur d'eau qui, en s'élevant, s'est condensée et a produit les nuages qu'ils ont aperçus...

Mille sabords!..

Allo? Allo? Hourrah! Mes enfants, vous avez découvert l'aérolithe!... Allo?...M'entendez-vous?...

Allo?... Allo?... Allo?... On ne répond plus!

Dites, capitaine, ces fils ne doivent-ils pas être raccordés à quelque chose?...

Tonnerre de Brest!...Les fiches étaient détachées!...

Voilà, c'est réparé...

Allo?...Ah!...Vous m'entendez...Faites demi-tour et revenez!...Ces nuages sont produits par l'aérolithe...oui!... Revenez! votre mission est terminée...

Entendu, nous revenons...

Regardez là-bas!...

Allo?...Oui?...Que dites-vous?...Une fumée?...La fumée d'un navire?...Où ça?...Dans quelle direction?...

Direction Ouest - Sud - Ouest. Oui, nous nous dirigeons de ce côté...

Allo?... Oui... Il fait route dans la direction de la colonne de nuages!... Tonnerre de Brest!... C'est le PEARY, n'est-ce pas?...

Il est encore impossible de l'identifier...Mais nous allons le savoir...

Et bien? Le nom de ce navire?... Vous l'avez vu?...

Le PEARY!!

Il se dirige vers l'aérolithe. Accélérez. Nous revenons.

Pendant ce temps...

PEARY. G. 12e 23, W. et L. 76e 40 N., à Bohlwinkel, Sao Rico. Avons été survolés par hydravion F.E.R.S. Supposons AURORE à proximité. Augmentons notre vitesse.

Je suis inquiet. Je me demande s'ils réussiront à se poser sans heurter un de ces maudits icebergs...

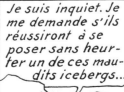

Les voilà!

Ils se préparent à amerrir... Mon Dieu! Pourvu qu'ils n'aillent pas se fracasser contre un iceberg!...

Mon vieux Milou, si nous en sortons sains et saufs, nous avons de la chance!...

Tonnerre de Brest! Ils ont frôlé celui-là...et cet autre... Ouf!...Ils l'ont évité de justesse!

Cette fois, Milou, nous sommes perdus!...

Hourrah!...Quel as, ce pilote!

Et bien?...

Il n'y a plus une minute à perdre, capitaine...

Le PEARY a cent cinquante milles d'avance sur nous. Il faut le rattraper!

Cent cinquante milles d'avance!!...

C'est fini... Nous avons perdu la partie...

Non, capitaine, la partie n'est pas perdue. Venez, nous allons étudier ça sur la carte.

Inutile.

36

Voyez, le PEARY se trouve là... Et voici notre position. Notre vitesse peut atteindre 16 nœuds. Celle du PEARY ne doit pas dépasser 12 nœuds. Nous pouvons donc gagner 4 milles par heure. Ils ont 150 milles d'avance sur nous. En 37 heures et demie, nous serons à la hauteur du PEARY...

Oui, si d'ici là ils n'ont pas atteint l'aérolithe...

Capitaine, il faut essayer de rattraper le PEARY!... Ce n'est pas au moment où nous touchons au but qu'il faut se laisser aller au découragement!

Tintin a raison, il faut essayer!

Tout cela est très joli!... Mais rattraper 150 milles!...

Impossible!... Il est tout à fait inutile d'essayer. Nous faisons demi-tour et nous rentrons...

Bon... Euh... dites, capitaine, je suis rentré glacé de ce vol de reconnaissance. Je boirais bien un doigt de whisky...

Du whisky? Vous... Euh... je vais voir s'il y en a...

Vous boirez bien un verre avec nous n'est-ce pas, capitaine?...

Comment donc!...

Réflexion faite, je crois, en effet, que la partie est perdue. Il vaut mieux abandonner la lutte...

!

Abandonner la lutte?... Jamais!... Ce n'est pas au moment où nous touchons au but, mille sabords! qu'il faut se laisser aller au découragement, tonnerre de Brest!... Nous allons leur montrer, à ces p-p-peaux rouges, ce dont nous sommes c-c-capables!...

En avant!... Nous allons voir ce que nous allons voir!... Vite! à la passerelle!...

Allons, chef mécanicien!... Du nerf, mille tonnerres!... En avant toute, la machine! Nos concurrents ont 150 milles d'avance sur nous: il s'agit de les rattraper!

Et vous, l'homme de barre, tenez bien votre route!... Gouvernez au nord, douze degrés Est. Et attention aux icebergs!

Bien, Capitaine...

Le lendemain midi...

Hourrah!...Ça y est!... Voilà la fumée du PEARY!...

Nous les gagnons de vitesse!... Ce soir ou dans le courant de la nuit nous les aurons rattrapés...

Capitaine!... Un radio!...

!

Lisez!...Il ne nous manquait plus que ça!...Qu'allons-nous faire, mille sabords! Qu'allons-nous faire?..

!

Priez Messieurs les savants de se réunir. Dites-leur que j'ai une communication importante à leur faire...

Messieurs, je vais vous donner lecture du message qui vient de nous parvenir. Il s'agit d'un appel de détresse. Le texte en est interrompu par endroits, comme si l'appareil émetteur était en mauvais état. Le nom même du navire est incomplet.

S.O.S. S.O.S. S.O.S. VIL... G.19e 12 W. L. 70e 45 N. AVONS HEURTÉ ICEB... VOIE D'EAU À L'AV... ...EMANDONS AS... STANCE D'URG ...

Voilà, messieurs. Ou bien nous allons au se-cours de ce navire et nous abandonnons définitivement tout espoir d'arriver à l'aérolithe avant le PEARY ou bien nous poursuivons notre route sans répondre à cet appel...A vous de décider...

Il n'y a pas à hésiter, capitaine. Des vies humaines sont en danger. Il faut aller à leur se-cours, même si cela doit nous coûter la victoire...

J'étais sûr de votre réponse, professeur!... Nous allons faire de-mi-tour.....

Bravo!...

Venez... Il faut répondre à ce navire et lui dire que nous allons à son secours...

T.S.F.

Sapristi! J'ai encore une fois oublié de fermer la porte...

Navire polaire AURORE à VIL... en détresse. Avons entendu votre appel. Nous dirigeons vers vous. Tenez-nous au courant. Bon courage.

Eh bien?

Voilà la troisième fois que je transmets ce télégramme... Ils ne répondent plus...

Leurs appareils de radio sont sans doute complètement hors d'usage.

Oui, à moins que...

A moins qu'ils n'aient... coulé? C'est cela que vous voulez dire?

Non, ce n'est pas cela...

Capitaine, voulez-vous me permettre d'envoyer, moi aussi, un télégramme?...

Volontiers, mais...

Et c'est ce texte-là que vous comptez envoyer? Mais c'est ridicule! Que nous importe le nom exact de ce navire?... Et puis, vous allez passer toute la nuit à attendre les réponses.

Toute la nuit, sans doute...

Comme vous voudrez, mais je trouve ça parfaitement ridicule!... Je vais me coucher, bonsoir.

Bonne nuit, capitaine... Voilà. Voulez-vous transmettre cela?...

Bien

Navire polaire AURORE à toutes compagnies de navigation. Prière instante à toute compagnie possédant navires dont nom commence par "VIL" nous faire connaître urgence nom exact de ces navires et nous signaler lequel est en détresse par G. 19e 12, W. et L. 70e 45 N.

Le lendemain matin. Bonjour, les enfants!... Et alors, on y a répondu, à votre télégramme?...

Rien que ça?... Et quel est le nom du navire en détresse?

Je ne le sais pas encore! D'ailleurs, lisez vous-même...

Vous voilà bien avancé!... Vous ne connaissez pas encore le nom du navire qui...

Chut!...Voilà encore un télégramme...

Eh bien?...

Ça y est! Voilà enfin le nom de ce navire! C'est le VILNARANDA...

Armement JOHN KINGSBY à navire polaire AURORE. VILNARANDA en détresse par G. 19e 12 W. et L. 70e 45 N.

Vous voilà enfin fixé. C'est donc du VILNA-RANDA, appartenant à la compagnie JOHN KINGS-BY, que provenait le S.O.S.

Mais qu'est-ce que vous cherchez encore? Le tonnage du VILNARANDA? Ou l'âge de son capitaine?...Dites, que voulez-vous savoir de plus?...

Un dernier petit détail, capitaine, mais je crois qu'il vous intéressera également: le VIL-NARANDA N'EXISTE PAS!...

I?!

Que dites-vous là?...C'est impossible, voyons...

C'est pourtant ainsi, capitaine!...Le VILNARANDA n'existe pas!...Pas plus que la compagnie JOHN KINGSBY! Ces noms ne figurent pas dans l'annuaire de la marine!...On nous a envoyé un faux S.O.S.!...

Un faux S.O.S.!...Un faux S.O.S.!...Le PEARY aurait lancé cet appel pour nous retarder?... Non! Jamais un marin ne ferait cela!

Un marin? Non. Mais ceux qui ont organisé l'expédition?...

Mille millions de sabords! Les scélérats! Je m'en vais leur dire ma façon de penser!...

Voilà. Envoyez le télégramme suivant: navire polaire AURORE à pseudo armement JOHN KINGSBY... euh... Indignés par procédé...non, ça n'est pas assez fort...euh... Bandits!... C'est ça...Bandits! Rénégats!...Traîtres!... Cloportes!...Judas!...Naufrageurs!... Patapoufs!... Papous!...Catachrèses!... Moujiks. Signé:Capitaine HADDOCK..

Vite, Capitaine! Il faut reprendre la poursuite!...

Ajoutez encore: Rhi - zopodes et Ecto-plasmes!...

Holà, timonier! Toute la barre à tribord!

Allo!...Machines?...Nous repartons à la poursuite du PEARY!...Forcez l'allure.

Je me demande si nous parviendrons encore à le rejoindre...

Forcer l'allure, capitaine?... Pas possible! Nous donnons le maximum!...

Arrangez-vous comme vous voudrez!... Il faut encore aller plus vite!...

Un faux S.O.S.!... Ah, les forbans!... Dire que, sans vous, nous serions encore en route vers le sud!...Mais, à propos, dites-moi, qu'est-ce donc qui a éveillé vos soup-çons?...

Tonnerre de Brest, qu'avez-vous?

Je... je crois bien que je m'étais endormi...

C'est vrai, vous avez veillé toute la nuit. Il vous faut un peu de repos. ...

Vous avez raison: je vais aller dormir pendant une heure...

Reposez-vous bien.

Milou!... Viens, Milou...

On voit bien qu'il n'avait pas de chien, celui qui a inventé des escaliers pareils!

Eh bien, Milou?... Tu viens?

Je n'ai plus le courage de me déshabiller: je dors debout... J'aimerais bien, moi, que tu m'enlèves mes beaux atours..

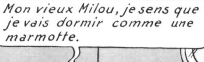
Mon vieux Milou, je sens que je vais dormir comme une marmotte.

TOC TOC TOC
Oui?...

C'est moi!... Ouvrez-vite!...
Voilà... j'arrive...

Lisez ça: un radio du PEARY que nous avons intercepté.

N.P. PEARY à Bohlwinkel. Sao Rico. Hourrah! Sommes en vue aérolithe.

Fini... Fini... Nous sommes battus...

WOUAH!

Non, tout n'est pas encore perdu!...L'hydravion, capitaine! Faites préparer l'hydravion!

...et prevenez le pilote!... Nous partons tout de suite!
Bon!... Et alors?... On ne dort plus?...

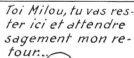
Toi Milou, tu vas rester ici et attendre sagement mon retour...

Sois raisonnable, Milou: je serai bientôt de retour...
F.E.R.

WOOUHOUWOUWOU!...

Allons, sois sage. Il reviendra, ton maître...

WOUHOUHOUWOU-HOU-OUWOOUHOU-WOU-WOU

Il hurle à la mort. Mauvais présage...

?

Et bien, quoi?...Il a l'air tout joyeux, à présent.

Mille sabords! Voilà l'avion qui revient!...

Ma parole, il amerrit!... Qu'est-ce que cela signifie?...

Le drapeau!... Nous avons oublié le drapeau qui doit flotter au sommet de l'aérolithe!...

Tonnerre de Brest! C'est vrai!...

Je vais le chercher.

Le voilà!

Merci!

En route!

Milou!...Ici, Milou!...

Tintin!... Votre chien!... Votre chien!...

Mon Dieu!... Ils ne l'ont pas vu! Pauvre Milou!

Pauvre Milou!...

La radio!...Il faut les avertir par radio!...

Allo?... Allo?... Allo?...Milou est parti avec vous!... Milou, oui!...Il est accroché à l'aile gauche de votre appareil!

Il faut amerrir!

Non, nous ne pouvons pas perdre de temps...

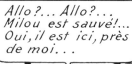

Allo?... Allo?... Milou est sauvé!... Oui, il est ici, près de moi...

Nous approchons!...Voilà de nouveau la colonne de nuages produite par l'aérolithe...

Deux heures ont passé...

Allo, allo?... Ici capitaine Haddock. Rien de neuf?...

Il n'y a plus un seul iceberg en vue et la colonne de nuages est beaucoup plus proche. Nous ne sommes certainement plus très loin...

L'Aérolithe! Voilà l'aérolithe!...

Allo... Ici Tintin... l'aérolithe est en vue!!!...

Vrai?...Bien vrai?... Vous voyez l'aérolithe! Hourrah!...Comment est-il?...

Il forme une île qui descend en pente douce vers l'ouest et qui... Juste ciel!...Le PEARY est arrivé avant nous!...

Le PEARY est arrivé avant eux!...

Mais, dites moi, est-ce que leur drapeau flotte déjà au sommet de l'aérolithe?

Leur drapeau?... Attendez...Non, je ne vois pas de drapeau...

Hourrah!... Il y a encore de l'espoir!

Peut-être. Je commence à distinguer ce qui se passe à bord du PEARY... on dirait... on dirait...

Oui... ils viennent de mettre un canot à la mer!...

Et voilà! L'aérolithe est à nous.

RRRRRRRRRR

Ma parole! On dirait un bruit de moteur...

Là-bas, capitaine, un avion!...

Malédiction! C'est l'hydravion de l'AURORE!

Bah!... Le temps d'amerrir, de mettre leur canot pneumatique à la mer, et nos hommes auront déjà pris pied sur l'aérolithe.

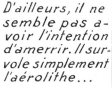

D'ailleurs, il ne semble pas avoir l'intention d'amerrir. Il survole simplement l'aérolithe...

Wouah!

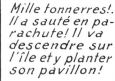

Mille tonnerres!. Il a sauté en parachute! Il va descendre sur l'île et y planter son pavillon!

Zut!..le drapeau!..

Quelle chance!...

Ça y est!... Il va arriver avant nous!

Non! Je saurai bien l'en empêcher!

Vite!... Plus vite!

Du nerf!...Du nerf!... Plus vite!... Il va arriver avant nous!

Attention à l'atterris- sage!

Il va prendre pied avant nos hom- mes! Nous som- mes battus!

Pas encore...

?

Que faites-vous, Dou- glas? Etes-vous de- venu fou?

Malheur! Le vent m'a em- porté trop loin!

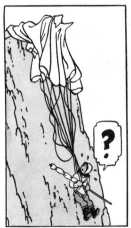

?

Hourrah! Un dernier coup de rame et nous y sommes!

Vite!..Vite!...

Ça ne va pas! Impossible d'enlever ces ficelles...

Malédiction! Son drapeau flotte!...

F.E.R.S.

F.E.R.S.

F.E.R.S.

Victoire!... Notre drapeau flotte sur l'aérolithe!..

Victoire!...

Le voilà qui amerrit...

Voilà Milou qui vient vous rejoindre. Il ne tenait plus en place.

Wouah!

Allons, Milou, viens...

F.E.R.S.

?

Wouaaaaah!

F.E.R.S.

Milou! Mon pauvre Milou!...Tu as sans doute heurté un rocher?

Wouaaaaah!

Ouh!... Ouh!...

Ouh!...Aïe!...Ouh!...

Wouaaaah!

L'eau est brûlante!...

Allo?... Allo?... Allo?...

Allo, j'écoute... oui...sapristi!... Grave?...Oui... trois jours!... Oui...Oui...Naturellement... Bien...Entendu

L'AURORE a une avarie de machines et a dû réduire sa vitesse. Il ne pourra être ici avant trois jours. Nous ne pouvons pas l'attendre: nous n'avons pas de vivres. Nous allons donc retourner à sa rencontre. Notre mission est d'ailleurs terminée. Vous venez?...

Impossible! Il faut que quelqu'un reste ici pour garder l'île: c'est plus prudent... Voyons, comment faire?...

Il n'y a qu'une solution: je reste ici et j'attends que vous reveniez avec des vivres. Ça va?

Tintin, nous n'allons tout de même pas rester tout seuls sur cette île?...

Entendu. Mais j'avais emporté à tout hasard quelques biscuits, une pomme et un thermos d'eau douce. Je vais vous laisser tout cela...

Voilà...

Merci...

Au revoir! Et bonne chance! Je serai de retour demain matin.

Le voilà parti...

Pourvu qu'il revienne vite!

À présent, Milou, nous allons casser la croûte...

Bonne idée!

Une pomme, des biscuits de mer et de l'eau: nous voilà en pénitence, Milou!

En effet!

En pénitence... Ça me rappelle Philippullus le prophète:"Faites pénitence! La fin des temps est venue!"

Et ce cauchemar dans lequel il me disait, menaçant: "Le châtiment!... Aha!... Voilà le châtiment!..."

Et le châtiment, c'était une araignée, une énorme araignée. Brrr! J'ai encore froid dans le dos quand j'y pense...

Une araignée!

Écrase-la, Tintin!...

Elle s'est dissimulée entre ces rochers...

Bah! Laissons-la. Viens, Milou...

Bon appétit, Milou. Ne pensons plus à ce prophète de malheur, à ses araignées et à ses "dong-dong-dong."

DONG DONG

DONG

!

Que je suis bête. C'est la cloche du PEARY!

DONG DONG DONG

C'est l'heure du repas, là aussi, sans doute...

Tu as déjà fini de manger, Milou? Pourtant, je ne puis plus rien te donner. Les deux biscuits qui restent sont pour demain...

C'est que j'ai encore faim, moi! Lui, du moins, a encore une pomme! Ah! si je pouvais trouver quelque chose à me mettre sous la dent ...

Tiens, il y a un ver dans cette pomme...

Rien... Rien...

Hop!

Tu viens, Milou? Nous allons dormir, à présent. Je tombe de sommeil.

Notre parachute va nous être encore utile. Il nous servira à la fois de matelas et de couverture.

Heureusement, la température est douce. C'est extraordinaire, alors que nous sommes si près du pôle.

Bonne nuit, Milou! Et fais bonne garde...

BOUM

?

Il m'a pourtant bien semblé entendre une détonation... Tiens, le PEARY a disparu! Il a levé l'ancre pendant que nous dormions.

Mais alors, cette détonation? J'aurai rêvé, sans doute...

BOUM

!

Tintin, j'ai p...p... peur!...

Oh! Mais j'y songe! Cela doit provenir du sol même. C'est sans doute une sorte de petit volcan, une espèce de solfatare...

Non! Pas la moindre petite crevasse, pas le moindre petit cratère!... Alors? quoi?...

!

Wouah!... Wouah!...

!

Milou a trouvé quelque chose: il a l'air tout joyeux...

Un œuf!... Un œuf!!!... Ça, par exemple!... Par qui a-t-il été pondu, cet œuf-là?

On va se préparer une omelette, dis?

Mais... mais... Je n'ai pas la berlue... Il grossit, cet œuf!

Et ce n'est pas un œuf!... C'est un champignon!...

Disparu, évaporé, volatilisé, le champignon!...

BOUM

Ça se calme un petit peu, dirait-on...

Oui, c'est fini. Ouf! Eh bien, si ce sont là les effets de ce métal inconnu, cela nous promet encore de belles surprises!

Chut!...

Non, rien: le ciel est vide...

Il m'avait pourtant semblé entendre un bourdonnement de moteur...

!

Un pommier!...Ma parole, c'est un pommier!...Mais alors, ce serait le trognon de pomme que j'ai jeté hier, qui... C'est inouï! C'est fantastique!

Moi, je me méfie! Si cet arbre allait aussi faire explosion...

C'est de la sorcellerie!...

WOUAAAH

Wouh!...Ouh!...Va-t-en, vilaine bête!

D'où sort cet immense papillon? Serait-ce?... Mais oui, il ne peut provenir que du ver qui se trouvait dans la pomme!

Et bien, mon vieux Milou, si tout se met à grandir de la sorte, nous sommes propres!

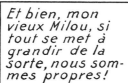

Mais alors... mais alors... l'araignée!...L'araignée qui s'est échappée de la boîte, hier soir...

Elle ne va tout de même pas grandir dis, Tintin?

Si elle vit toujours, elle doit se trouver près du pommier: c'est là que j'étais assis, hier...

Attention!...Elle peut apparaître d'un moment à l'autre...

? BOUM

Sapristi!

BOUM

? ?

Un tremblement de terre! Il ne nous manquait plus que ça!

Et quel est ce grondement?

Horreur!...Cette gigantesque vague va tout submerger!

Ouf!...Le danger est passé L'eau ne monte plus...

Ma parole, l'île tout entière a pris une inclinaison plus forte...

Et pendant ce temps, d'autres pommiers ont encore surgi du sol...

Et l'araignée, dis donc?

Chut!...Silence!...

Cette fois, j'en suis sûr... C'est bien un bruit de moteur...

Là-bas, Milou!... L'hydravion!...

Hourrah!...Nous sommes sauvés!...

Sur le pont d'Avignon ♪♪♪ on y danse ♪♪ on y danse ♩

Tralala-outi!...Tralala-outi!...

!

Tralala-laaa la-la-la...

Tra-la-la-la-laàa la-laaaaa-la-la

Seigneur! Quel monstre!...

Si seulement je pouvais saisir une pier-re...

Là...ça y est! Elle n'a pas bougé...

Et maintenant, visons juste...

Zut! Raté!...

Encore un tremblement de terre!

Eh bien, j'ai eu chaud! Béni soit ce brave pommier!

Allo? Allo?... L'aérolithe vient d'être secoué par un tremblement de terre. Il s'est incliné tout d'un bloc et s'enfonce lentement dans la mer...

Que dites vous?... Un tremblement de terre?... Et l'aérolithe s'enfonce?... Et Tintin, où est-il?...

L'aérolithe s'enfonce?

Je ne le vois pas... Ah! si... Il est étendu sans vie, au pied d'un arbre gigantesque... L'eau va bientôt l'atteindre!...

Essayez d'amerrir! Il faut sauver Tintin!

Impossible d'amerrir, capitaine. La mer est démontée...

Tintin!... Tintin!... Réveille-toi!

Il ne bouge pas. Et l'eau monte toujours!... Que faire?...

WOUAH!...WOUAH!...

Rien à faire!... Il faut pourtant qu'il revienne à lui...

OUH!

Qu'est-ce qui te prend, Milou? Pourquoi m'as-tu mordu?

Viens-vite, sauvons-nous...

Que se passe-t-il encore?... Juste ciel! L'aérolithe bascule!

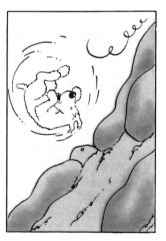

Au sommet maintenant, vite! L'île s'enfonce de plus en plus!...

57

Tant pis! Je risque le tout pour le tout! Il faut absolument le sauver.

F.E.R.S.

Que fait-il?... Va-t-il amerrir?... Ce serait de la folie...

Je ne le vois plus!... Mon Dieu, pourvu qu'il n'ait pas coulé...

Ça y est! Il a réussi à se poser...

Le voilà de nouveau masqué par les vagues...

Hourrah! Il est parvenu à mettre le radeau pneumatique à la mer.

Pas moyen d'approcher d'avantage: je serais jeté sur les rochers. Je vais vous lancer une corde à laquelle est attachée une ceinture de sauvetage. Tirez-là à vous...

Ça va!

Viens vite, Milou. Nous allons essayer d'arriver au canot...

Me jeter à l'eau...? Jamais plus!...

Milou!... Milou!... Veux-tu venir ici, vite!...

Je ne veux pas sauter à l'eau! Hi!... Hi!...

Allons, ne pleure plus. Tu ne sauteras pas à l'eau...

Je vous le lance. Attrapez-le!

Une...deux...

Non. Il pourrait tomber à la mer. Je vais procéder autrement...

Allons, Milou, embarque!

?

Voilà Milou sauvé! A mon tour maintenant, mais d'abord...

...Replantons le drapeau. Il faut qu'il flotte jusqu'au bout sur l'aérolithe...

F.E.R.S.

Voilà, je vous lance la corde et vous me tirez à vous...

Allez-y!

Allez-y!

Sauvé!

Sauvé, oui! Et maintenant, vite! Eloignons-nous...

Zut!...Zut!...Zut!...Zut!...

?

Que faites-vous? revenez, c'est de la folie!

Au nom du ciel, revenez!... Vous allez être englouti avec l'aérolithe!...

Il faut sauver un bloc de minerai... pour M. Calys!... ainsi nos efforts n'auront pas été vains!

Vite!...Attrapez!...

Tintin!...Je ne vois plus Tintin!

Malheur! Tintin ne reparaît pas...

Sauvé!...Il s'est accroché au bloc de calystène...et il a sauvé le drapeau!

Pendant ce temps·là...

Rien...Toujours rien...Que sont-ils devenus?

Ça y est!...Ça y est!...Allô?...Allô?...

Ils répondent?

Allô?...Oui...Oui...Oui...Oui...

L'aérolithe? Qu'est devenu l'aérolithe?

Ils reviennent!...Ils sont sains et saufs!...Hourrah!...

Quelques heures plus tard...

Les voilà!... Les voilà!...

Messieurs, je vous rapporte, enveloppé dans le drapeau de l'expédition, un bloc de calystène!

!

Quelques semaines plus tard.

Le navire polaire AURORE, qui était parti à la recherche de l'aérolithe tombé dans l'Océan Arctique, sera bientôt de retour en Europe. L'expédition avait réussi à découvrir l'aérolithe lorsque celui-ci, probablement à la suite d'un cataclysme sous-marin, a disparu sous les flots.
Heureusement, grâce au sang-froid et au courage du jeune reporter Tintin qui se trouvait seul sur l'île au moment où celle-ci s'enfonçait dans la mer, il a été possible de sauver un bloc de minerai du métal dont la...

... présence sur l'aérolithe avait été signalée par M. Calys. L'étude de ce métal, dont les membres de l'expédition ont pu déjà constater les surprenantes propriétés, sera, on s'en doute, d'un prodigieux intérêt pour la science. On peut donc s'attendre, de ce côté, à des découvertes sensationnelles.

Au sujet de certains incidents qui ont marqué le voyage de l'AURORE, on a la certitude qu'il s'agit d'actes de sabotage destinés à empêcher la réussite de l'expédition. La lumière sera bientôt faite sur ces agissements criminels et les coupables, dont le principal ne serait autre qu'un puissant financier de Sao Rico, démasqués et punis.

Avez-vous remarqué comme le capitaine a l'air préoccupé depuis quelques jours?

Oui. Je vais essayer de savoir ce qui se passe.

Alors, capitaine?... Quelque chose qui ne va pas?

!

TERRE!...
TERRE!...

Eh bien tonnerre de Brest! Il était temps que nous arrivions!

Pourquoi? Plus de mazout?

Pis que ça!...Plus de whisky!!!

FIN

Imprimé en Belgique par Casterman, S. A., Tournai.
D. 1966/0053/151.